ÉMILE BERGERAT

PÈRE ET MARI

DRAME

EN TROIS ACTES, EN PROSE

PARIS
ALPHONSE LEMERRE, ÉDITEUR
47, PASSAGE CHOISEUL, 47

M. D. CCC. LXXII

PÈRE ET MARI

DRAME

Représenté pour la première fois, à Paris, sur le théâtre de Cluny, le 21 juin 1870 et repris le 20 octobre 1871.

(DIRECTION DE M. LAROCHELLE.)

Il est interdit de monter la pièce *Père et Mari* en province et à l'étranger, sans l'autorisation de l'auteur ou de M. Peragallo, agent des auteurs dramatiques, 30, rue Saint-Marc, Paris.

IMPRIMERIE L. TOINON ET Cie, A SAINT-GERMAIN.

ÉMILE BERGERAT

PÈRE ET MARI

DRAME

EN TROIS ACTES, EN PROSE

PARIS
ALPHONSE LEMERRE, ÉDITEUR
47, PASSAGE CHOISEUL, 47

M. D. CCC. LXXII

PERSONNAGES

HENRI MAUVILAIN	MM. TALIEN.
JACQUES CERNY.	REYNALD. Repris par LENORMANT.
CLOTILDE.	Mmes LARMET.
ÉVA	ANDRÉE KELLY.
MÈRE ROSE, cinquante ans	BOVERY.
LAURENT, domestique de Mauvilain .	M. VILERS.

La scène, à Paris, de nos jours.

PÈRE ET MARI

ACTE PREMIER

Chez Mauvilain. — Un riche salon. Au fond, une glace sans tain, laissant apercevoir un parc. De chaque côté, une porte. Au premier plan à gauche, un secrétaire élégant. Au second plan, une cheminée avec un miroir, masquée par une causeuse. Plus loin, une porte donnant sur les appartements de Clotilde. A droite, un canapé dans la disposition ordinaire au théâtre, plus loin un piano, puis une porte. Au centre, un guéridon. Meubles, chaises et poufs...

SCÈNE I.

CLOTILDE, assise à gauche, à une table, du tiroir de laquelle s'échappent des lettres. Elle lit :

« Tu viens de me quitter il y a cinq minutes, et mon « cœur est encore plein de toi !... Je t'ai suivie des yeux « quand tu as passé la porte, et, de toutes mes forces, « j'ai crié : Je t'aime !... Tu ne m'as pas entendu !... « Je me mets à ma table pour t'écrire et je ne trouve

« pas autre chose : Je t'aime !... O ma bien-aimée, les « philtres d'amour ne sont pas une fable mensongère, « car c'est un breuvage immortel que j'ai bu sur tes « lèvres en feu !... Dix mai, onze heures. Jacques... » Voilà ce qu'il m'écrivait, il y a quatre mois ! Et je le croyais !!... Hélas ! malheureuse, tu le croirais encore ! Ne voilà-t-il pas deux heures que tu t'épuises à remonter ce calvaire douloureux ? — « C'est un breuvage « immortel que j'ai bu sur tes lèvres en feu ! » Immortel ! qui aime-t-il maintenant ? Un mot aurait suffi pour me le ramener peut-être ! Lui avouer ma chère supercherie ; lui dire que j'étais mariée... Non, il m'aurait méprisée comme les autres. Il n'aurait pas compris. Il m'aurait reproché ce mensonge, car il ne m'aimait déjà plus !... Je l'adorais, cependant ! (Se levant.) Oh ! qui me défendra contre cette douleur ? qui séchera mes larmes intarissables ? qui me donnera la force d'aimer autre chose que ce cher fantôme évanoui ?...

SCÈNE II.

CLOTILDE, ÉVA.

ÉVA, entrant.

Maman !

CLOTILDE.

Oh ! toi ! viens !... (Elle l'embrasse à plusieurs reprises.) Tu es belle, ma fille ! Te l'a-t-on dit quelquefois ?

ÉVA.

Souvent, mère.

CLOTILDE.

Et qui cela ?

ÉVA.

Mais mon père d'abord ! c'est son refrain accoutumé.

CLOTILDE.

Ah ! oui, ton père !

ÉVA.

Il n'arrive pas aujourd'hui ! Je suis d'une impatience !

CLOTILDE.

Mais il n'est pas cinq heures. Sois tranquille ; l'exactitude est aussi la politesse des notaires. A cinq heures sonnant, tu le verras entrer. D'ailleurs nous avons un invité, ce soir. Tu penses bien que ton père ne me le laisserait pas sur les bras.

ÉVA.

Qui est-ce, dis ?

CLOTILDE.

Ma chère enfant, il n'entre pas dans les habitudes de M. Mauvilain de me mettre au courant de ces sortes de choses. C'est probablement un de ses clients, un de ses amis de cercle, que sais-je ? quelque chose comme ce gros magistrat de l'autre semaine qui parlait comme un réquisitoire. Telle est, en général, l'espèce de convive qu'il me ramène !... Il faudra même t'y faire, ma belle. Nous ne voyons pas d'autre monde depuis notre mariage.

ÉVA.

Maman, j'ai idée que cette fois petit père nous ménage quelque surprise. Il m'a embrassée ce matin d'un certain air... Aimes-tu cela, les surprises, maman ?

CLOTILDE.

Ton père ne m'a jamais beaucoup gâtée de ce côté. La surprise est une prévenance qui n'entre pas dans son caractère un peu... escarpé ! D'ailleurs, je suis si accoutumée à lire dans ses yeux, qu'au premier regard je lui dirais le nom de son joujou.

ÉVA.

Maman, mais il me semble, dans ce cas-là, qu'il y a double plaisir à laisser faire.

CLOTILDE.

Est-ce une leçon, mademoiselle ?...

ÉVA.

Je t'ai encore fâchée, maman, je le vois bien. Voilà déjà deux fois que cela m'arrive. Je ne sais à quoi il tient que je dis souvent les choses les plus insignifiantes, et que tu me réponds comme si je t'avais offensée... je ne suis pas heureuse !

CLOTILDE.

Ni moi, mon enfant ; je fais tout ce que je peux

pour t'aimer et te prouver que je t'aime, et il me semble que je n'y réussis guère.

ÉVA.

Oui, tu m'aimes, mais point comme je le voudrais... Au sortir du couvent, je me faisais une fête de te conter tous mes petits chagrins, tous mes petits secrets... on en a toujours quelques-uns. C'est si ennuyeux d'avoir sans cesse sous les yeux une grande religieuse, en guimpe noire, sévère, qui nous appelle : Mademoiselle, à qui on n'ose pas se confier, et qui vous oblige à lui dire : Ma mère ! encore ! Mais enfin on patiente : on se dit : Encore un an, ou un mois, c'est selon, et je pourrai bavarder à mon aise. Je serai avec elle, ma mère, la vraie, et pour toujours ! Elle ne me mettra pas en pénitence, pour avoir parlé chiffons. Aussi, comme je l'aimerai ! comme nous serons heureuses ! Est-ce que je te fâche encore, dis ?

CLOTILDE, émue.

Non, oh ! non ! tu me rafraîchis l'âme, au contraire ! Que ta voix est douce, mon enfant ! parle encore, je t'en prie.

ÉVA.

Je suis sûre, maman, que tu ne me connais pas encore. Tu me prends pour une petite pensionnaire, mais je ne suis pas bête du tout.

CLOTILDE.

Chère ange !

ÉVA.

D'abord je suis très-heureuse d'être d'une faible

santé, puisque cela m'a valu un beau voyage en Italie avec petit père. Et en Italie, vois-tu, on apprend beaucoup de choses.

CLOTILDE.

Vraiment ?

ÉVA.

Oui ; on est toujours un peu niaise en sortant des grilles. A propos, mère, pourquoi donc ne venais-tu jamais me voir au couvent ? Mes bonnes amies disaient : Cette pauvre Éva ? on ne voit jamais sa mère ! J'étais toute triste, et je ne savais que dire. Heureusement petit père arrivait toujours dans ces moments-là pour me consoler. Il n'a pas manqué un seul parloir, lui ! (Clotilde se lève.) Non, maman, ne te fâche plus. Reste à côté de moi, maman ! je te dis cela parce que je t'aime !

CLOTILDE.

Tu m'aimes, toi ? Est-ce bien vrai ?

ÉVA.

Oh ! méchante ! Tiens, en Italie, tu crois que je ne pensais pas à toi ? Mais quand nous allions, par une belle journée, visiter les monuments et les musées, je disais à petit père : Ah ! si elle était là, pourtant, comme elle serait heureuse ! Elle, c'était toi, dans ton vilain Paris. Il souriait, mon bon père ! Est-ce que tu n'as pas reçu mes lettres ?

CLOTILDE.

Si ; mais je n'aime pas à écrire, tu sais.

ÉVA.

C'est ce que me disait mon père. Moi, j'avais besoin de t'écrire, et j'ai tout de même continué en cachette... je te les ai toutes rapportées ! quel dommage qu'on ne puisse pas envoyer des baisers par le télégraphe ! (Elle embrasse sa mère.) Tu en aurais aujourd'hui... tiens, plein ce tiroir, et datés des plus beaux pays encore !

CLOTILDE.

Mais le voilà, le bonheur !

ÉVA.

Ma conversation ne t'ennuie pas, petite mère, tu veux bien m'écouter encore ?

CLOTILDE, l'embrassant.

Si je le veux ! attends ! (Elle vide les lettres du tiroir dans la cheminée.)

ÉVA.

Que fais-tu donc, maman ?

CLOTILDE.

Je vide ce tiroir, mon ange, pour y faire place à tes baisers ! Ah ! cela est bon ! je me sens revivre, moi ! Est-ce que je vais être heureuse à mon tour ? Ah ! mon Éva ! ah ! mon trésor ! ah ! ma fille !... (Elle l'embrasse avec fureur.)

ÉVA.

Tu pleures, maman, mais tu pleures ! Je t'ai encore fait du chagrin.

CLOTILDE.

Je pleure de joie, mon enfant. Oui, toi seule es pure et belle ! Toi seule es digne d'être aimée. C'est toi que j'aimerai ! c'est toi qui seras ma vie et mon unique souci. Je t'ai négligée, je t'en demande pardon. J'étais aveugle, vois-tu ; tu m'as rendu la lumière. Je vois, je t'aime, embrasse-moi, appelle-moi ta mère !

ÉVA.

Pauvre maman ! je devine : tu étais malheureuse.

CLOTILDE.

Ah ! oui, va ! mais cela est fini, bien fini. (Elle sourit.) Tiens, voilà l'arc-en-ciel !

(Cinq heures sonnent. — Entre Mauvilain.)

SCÈNE III.

LES MÊMES, MAUVILAIN.

MAUVILAIN.

Per Baccho ! l'aimable groupe !

ÉVA, courant à son père et l'embrassant.

Es-tu assez fier de jurer ainsi à l'italienne, vilain père !

MAUVILAIN.

Cela fait rire mes petits clercs, les galopins ! — Comment vas-tu ce soir ?

ÉVA.

Bien. (Elle toussote.)

MAUVILAIN.

Tu tousses, cependant. Le docteur demeure dans la maison, tu sais; il ne faut pas craindre de le faire venir (A Clotilde.) Vous savez que j'y tiens, ma chère, à la moindre chose.

ÉVA.

Te voilà déjà inquiet! Je tousse parce qu'il y a un peu de fumée ici, voilà tout.

MAUVILAIN.

Ah çà, mais oui, quelle abominable odeur de papier brûlé est-ce là? C'est vous qui avez fait cet auto-da-fé de lettres? pouah! il y en a au moins un kilo. (Il ouvre la fenêtre.)

CLOTILDE.

Un kilo, oui; ce sont mes lettres de jeune fille!

ÉVA, courant à la cheminée.

Ah! maman, il faut les garder.

CLOTILDE.

Vous allez vous brûler, Éva. (A part.) La sotte!

ÉVA.

Pardon, maman, j'ai cru bien faire. D'ailleurs, je n'ai vu qu'une enveloppe : A madame d'Altemont; ce n'était même pas pour toi.

CLOTILDE.

Une amie de pensionnat, oui.

MAUVILAIN.

Ah ! vous hantiez la noblesse en ce temps-là ! Quelle chute, hein, un simple notaire ! Nous achèterons une particule si vous voulez, elles sont à la baisse.

CLOTILDE.

Vous êtes gai, ce soir, mon ami, j'en augure favorablement pour vos affaires. Vous ne nous ramenez point votre invité ?

MAUVILAIN.

A propos, parlons un peu de ce jeune homme.

ÉVA.

Un jeune homme ? Oh! tu vois, maman; je cours m'habiller.

MAUVILAIN.

Fille d'Ève! tu ne t'habillerais pas pour ton pauvre père! Allons, hâte-toi, coquette! — Et faites-vous belle, signora !

ÉVA, revenant.

Pourquoi, père, c'est un connaisseur ?

MAUVILAIN.

Mieux, c'est un prétendu.

ÉVA.

Un prétendu ? pour moi, petit père ?

MAUVILAIN.

Eh bien, voilà-t-il pas de quoi rembrunir ces jolis yeux-là ? Est-ce que tu n'as pas confiance au choix de ton père? Est-ce que tu t'imagines que je donnerais mon Éva chérie à un monsieur qui ne l'aimerait pas, par hasard ? pas si notaire !

ÉVA.

M'aimer ? mais je ne le connais pas.

MAUVILAIN.

Tu le connais très-bien.

ÉVA.

Ah !

MAUVILAIN.

Oui. Il était une fois un vapeur qui allait de Nice à Gênes. .

ÉVA.

Oh ! papa !

MAUVILAIN.

Va t'habiller.

ÉVA.

Alors c'est lui, dis ?

MAUVILAIN.

Va t'habiller.

ÉVA.

Oh ! que je t'aime ! (Elle saute à son cou, et se sauve en courant.)

SCÈNE IV.

CLOTILDE, MAUVILAIN.

CLOTILDE.

Ah çà, quel conte nous faites-vous là ?

MAUVILAIN.

Un conte ? j'ai l'imagination stérile, vous me l'avez souvent reproché. Ce n'est pas un conte.

CLOTILDE.

La personne qui dîne ici ce soir est un jeune homme qui aspire à la main d'Éva ?

MAUVILAIN.

Oui, il vient faire sa cour.

CLOTILDE.

Alors, vous allez la marier ?

MAUVILAIN.

Si vous le voulez bien.

CLOTILDE.

Ah !

MAUVILAIN.

Qu'avez-vous donc ?

CLOTILDE.

Oh ! rien! j'admire ma chance impitoyable !

MAUVILAIN.

Mais elle sera très-heureuse ! Le parti est excellent; nom honorable, belle fortune, cœur et esprit élevés, et pas de belle-mère. Tout y est, vous jugerez.

CLOTILDE.

Pas de belle-mère, oui! une plaisanterie que l'on fait!

MAUVILAIN.

A qui en avez-vous, ma chère ?

CLOTILDE.

A personne! Vous avez seulement une façon à vous de présenter à une mère le prétendant de sa fille!... « Bonjour, vous allez bien? Je vous apporte un gendre... « pas de belle-mère !... » Cela étonne un peu au premier abord; mais on devrait s'y faire avec vous!... Je serai de la noce, au moins ?

MAUVILAIN.

Oh! oh ! que d'amertume ! Vous me surprenez beaucoup avec cette jalousie de date nouvelle? Je ne suis pas accoutumé au ton dont vous revendiquez des droits qui sont d'ailleurs parfaitement intacts, puisque ce n'est là qu'une présentation. Vous êtes maîtresse de votre consentement, Clotilde, et, si vous voulez, je vais consigner ce jeune homme à la porte !...

CLOTILDE.

Avouez que vous seriez bien embarrassé, si je vous laissais faire. Vous passeriez outre, hein ?

MAUVILAIN.

Je tiens beaucoup à ce mariage.

CLOTILDE.

Il faut que vous ayez douté de mon consentement pour me le demander quand je ne peux plus le refuser.

MAUVILAIN.

Je regrette d'être obligé de vous répondre que je n'en ai jamais douté! Depuis longtemps, je suis à la fois le père et la mère de notre enfant.

CLOTILDE.

Je vous serai donc reconnaissante de m'indiquer quel rôle vous me réservez dans cette comédie, et à quel moment je devrai apposer ma signature.

MAUVILAIN.

Ne me gâtez pas ma journée, Clotilde.

CLOTILDE.

Allez, j'ai fini. Je n'aurais pas dû, en effet, oublier qu'Éva est plus votre fille que la mienne. C'est fini, vous dis-je. J'écoute ; c'est un roman, n'est-ce pas ?

MAUVILAIN.

Oui, comme dans la vie; vous ne croyiez pas si bien dire. Le jeune homme dont il s'agit m'a été présenté sur le bateau de Gênes, pendant notre voyage avec Éva, voyage, comme vous savez, nécessité par des raisons de santé, physiques et morales.

CLOTILDE.

Morales ? Est-ce qu'elle s'ennuyait ici par hasard ?

MAUVILAIN.

Un peu ; j'étais toujours à mon étude. Tous les itinéraires d'un voyage en Italie se ressemblent, et celui de ce monsieur se trouva conforme au nôtre. Nous fîmes de concert une partie de la route. Il nous servit même de cicerone dans quelques villes qu'il connaissait déjà. Nous nous séparâmes une première fois à Milan, pour nous retrouver trois semaines après à Vérone. C'est là que je me convainquis définitivement de la violence d'un sentiment que ma fille ne dissimulait qu'à peine..... A cet âge il est doux d'être aimé, surtout quand on n'en a pas l'habitude, et le pauvre garçon était lui-même atteint visiblement d'une passion que sa timidité me fit trouver touchante..... J'écrivis à Paris pour demander les premiers renseignements : ils étaient excellents. J'avais incontestablement affaire à un honnête et charmant jeune homme ; mon enfant avait bien placé son cœur. A notre rentrée, je reçus à mon étude une lettre que je vous ferai lire, puis une visite qui a précédé celle-ci d'un mois.

CLOTILDE.

Un dernier sacrifice aux formes.

MAUVILAIN.

Un dernier sacrifice aux formes, vous l'avez dit.

CLOTILDE.

De telle sorte que ce mariage d'inclination a toutes les allures d'un mariage de convenance. Vous avez raison, c'est un roman. Il doit y en avoir de ce style dans les pupitres de vos clercs.

MAUVILAIN.

Voilà que vous recommencez.

CLOTILDE.

Un dernier mot, et je me tais. Vous avez bien réfléchi, n'est-ce pas, que votre simple invitation équivaut à un complet agrément de votre part?

MAUVILAIN.

Ma chère amie, je me rappelle qu'au temps où je vous faisais la cour, les retards apportés par votre famille me semblaient presque tyranniques. Je les épargne autant que je puis à ces deux enfants qui ne vivent plus. D'ailleurs, si je vous ai tenu ces négociations un peu secrètes, c'est que je voulais en faire la surprise à ma fille, et que vu la façon dont les choses se sont présentées, je ne pouvais vous mettre dans la confidence sans m'attirer des questions qui auraient éclairé Éva... Il y a eu de ma part prudence et gâterie de papa. Voilà ce que je vous aurais expliqué tout à l'heure, si vous n'aviez pas ainsi pris la mouche.

CLOTILDE.

Allons, la pauvre enfant n'aura guère eu le temps de connaître la vie! je l'en félicite. Cela vaut peut-être mieux de se marier à dix-huit ans avec le premier homme qu'on aime!...

MAUVILAIN.

Les proportions d'âge sont aussi parfaitement gardées : M. Cerny n'a que vingt-cinq ans...

CLOTILDE.

Quel nom avez-vous dit ?

MAUVILAIN.

Il s'appelle M. Jacques Cerny.

CLOTILDE.

Oh ! vrai, vous avez la main heureuse !

MAUVILAIN.

Est-ce que vous le connaissez ?

CLOTILDE.

Un peu, oui.

MAUVILAIN.

Vous voyez donc bien ! il ne faut pas d'abord se gendarmer ! Parions qu'il vous plaît ?

CLOTILDE.

Hein ! qu'est-ce que vous dites ?

MAUVILAIN.

Je dis : il vous plaît ?

CLOTILDE.

S'il n'a pas changé !

MAUVILAIN.

Allons, je suis plus heureux encore que je ne pensais l'être. Mais d'où le connaissez-vous donc ?

CLOTILDE.

Mon Dieu, M. Cerny est fort connu... nous avons valsé ensemble chez Mme de Salnage.

MAUVILAIN.

Je ne l'y ai jamais remarqué, moi.

CLOTILDE.

Oh ! vous jouiez au whist. A quelle heure l'attendez-vous ?

MAUVILAIN.

Il devrait être ici.

CLOTILDE.

J'ai donc à peine le temps de monter chez moi passer une robe.

MAUVILAIN.

Vous êtes en mère de famille, cela est de très-bon goût. Enfin, allez, ma chère, et sans rancune ?

CLOTILDE.

Sans rancune, oui. (Elle heurte un meuble en sortant.)

MAUVILAIN.

Est-ce que vous devenez aveugle, mon amie ? Vous avez dû vous faire un mal atroce sur ce fauteuil ?

CLOTILDE.

Je me suis heurtée ?

MAUVILAIN.

La question est jolie! j'ai entendu le coup.

CLOTILDE.

Je suis dure au mal, ce ne sera rien.

(Elle sort.)

SCÈNE V.

MAUVILAIN, LAURENT.

MAUVILAIN.

Voilà qui va le mieux du monde. Si le hasard n'existait pas, les amoureux l'auraient inventé.

LAURENT, entrant.

Monsieur...

MAUVILAIN.

C'est M. Cerny? Vite, faites entrer.

LAURENT.

Justement, monsieur, il cause dans le jardin avec mademoiselle, et j'ai cru devoir avertir monsieur...

MAUVILAIN.

Oh! oh! cela est très-grave, en effet. Et depuis combien de temps dure cet entretien?

LAURENT.

Depuis dix minutes, monsieur.

MAUVILAIN.

Dix minutes! Allons, mon pauvre Laurent, nous serons forcés de les marier.

LAURENT.

Que monsieur m'excuse, j'ignorais...

MAUVILAIN.

Je vous invite à la noce, mon ami : vous êtes aussi de la famille. Mais si je ne vais pas les chercher, ils ne viendront plus... De quel côté du jardin?

LAURENT.

Près de la faisanderie, monsieur.

(Mauvilain sort.)

SCÈNE VI.

LAURENT, puis ÉVA et JACQUES.

LAURENT.

Un mari déjà? De mon temps, on attendait la vingtaine!

ÉVA.

Ils sont ici, venez, venez! Eh bien, Laurent, où donc est mon père?

LAURENT.

Dans le jardin, mademoiselle, à votre rencontre

(Il sort.)

ÉVA.

Nous jouons à cache-cache ! Faut-il courir ! Faut-il attendre ?

JACQUES.

Attendons plutôt, mademoiselle. Aussi bien ce sont là encore autant de minutes gagnées pour moi.

ÉVA.

Mais on vous attend, monsieur, et nous ne pouvons pourtant pas passer la soirée à causer ensemble !

JACQUES.

Pour une première fois, mademoiselle.

ÉVA.

Une première fois... à Paris !

JACQUES.

Ah ! vous vous souvenez ! je ne l'osais espérer !

ÉVA.

Vous me croyez donc bien légère ! Il est des heures qu'on n'oublie pas dans la vie.

JACQUES.

Vrai ? vous y avez pensé quelquefois à cette belle soirée de Vérone ? vous avez eu foi en ma promesse ? vous m'avez cru ? vous m'avez attendu ?... Vous ne répondez pas ?

ÉVA.

Il faisait doux ce soir-là, le long du fleuve !

JACQUES.

Oh ! oui, bien doux ! Vous souvenez-vous comme nous allions, légers, sous les amandiers embaumés ? vous souvenez-vous de cette pierre où nous nous assî mes, pour écouter une voix qui chantait le *Miserere*, ce sanglot divin de l'Italie agonisante ? vous souvenez-vous que nous pleurâmes, et que je vous dis alors que je vous aimais ? Et que nos mains s'unirent comme maintenant dans une étreinte silencieuse, — vous souvenez-vous ?

ÉVA.

Il faisait doux, le long du fleuve !

JACQUES.

Ah ! chère Éva ! chère et naïve créature, je vous aime et je vous bénis, car vous êtes ma force et ma joie ! Avec vous commence ma vie et je recommence ma jeunesse. Je n'aimais pas, je n'ai jamais aimé, c'est de vous seule que j'en tiens le secret immortel. Tel que vous m'avez fait, Éva, je suis à vous, à vous sans partage ; à vous, dans les derniers replis de mon cœur. Aimez-moi comme je vous aime, et l'on aura vu deux heureux !

ÉVA.

Mon Dieu ! voilà que nous recommençons ! (Paraît Mauvilain.) Ah ! mon père !

SCÈNE VII.

ÉVA, JACQUES, MAUVILAIN.

MAUVILAIN.

Restez, restez, mes enfants ! C'est votre ramage italien, n'est-ce pas ? je le connais ; j'en étais ! Il n'y manque, hélas ! qu'un peu de soleil ! Bonjour, ou plutôt bonsoir, mon gendre.

JACQUES.

Ah ! monsieur, je suis au comble du bonheur !

MAUVILAIN.

Moi aussi, mon ami ! Mais avouez tout de même que je suis d'une bonne pâte de père. Vous m'avez pris par mon faible, vous êtes un malin, vous ! Quand on aime ma fille je deviens tout bête ! Savez-vous pourtant, jeune homme, que j'ai été très jaloux de vous ?

JACQUES.

De moi, monsieur, quand donc cela ?

MAUVILAIN.

Pendant le voyage, à Vérone !

ÉVA.

A Vérone, petit père !

MAUVILAIN.

Oui, petite fille ! j'étais là, mes enfants, cela vous

attrape, caché derrière les amandiers, dans l'ombre, comme un brigand... de père. Ma foi ! j'ai pleuré de bon cœur en vous écoutant, et c'est ce soir-là, mon cher Roméo, que le père Capulet que voici vous a donné Juliette dans son cœur.

JACQUES.

J'en bénis votre jalousie, cher monsieur.

MAUVILAIN.

Et vous avez raison ! Ah ! c'est beau, la jeunesse ! Je me souviens avoir beaucoup aimé ma femme, moi aussi, mais du diable si j'aurais pu le lui dire de ce style-là. Il est évident que les filles doivent trouver cela irréfutable puisque les pères s'y laissent prendre. Mais c'est égal, c'est très-beau, et j'ai été jaloux !... Et pourtant, je vous le dis, j'adorais madame Mauvilain.

JACQUES.

Excusez-moi, monsieur, mais est-ce que la mère de mademoiselle Éva est indisposée ? ne me présenterez-vous pas ?

MAUVILAIN.

Dans cinq minutes, mon ami ; elle va descendre pour le dîner.

ÉVA.

Oh ! je n'ai pas faim, moi ! et toi, père ?

MAUVILAIN.

Moi je ne sais jamais cela qu'à table. A propos, j'avais prié qu'on nous servît à l'italienne ce soir ; va donc voir, petite, si on n'a pas oublié mes ordres. Monsieur permet, c'est un peu pour lui.....

JACQUES.

Vous êtes le meilleur des hommes !

ÉVA.

Oh ! la bonne idée, père ! Mais j'aurai faim, moi, alors ! (Elle sort.)

SCÈNE VIII.

JACQUES, MAUVILAIN.

MAUVILAIN.

Mon cher, vous allez rire avec vos goûts d'artiste ! mais savez-vous ce que j'ai trouvé de plus saillant dans votre Italie moderne ?

JACQUES.

Mais, sa musique, je pense. Il ne lui reste guère que cela ; c'est même un peu le signe de sa décadence. On a déjà remarqué que lorsque les grands peuples agonisent, ils se prennent à chanter comme les cygnes.

MAUVILAIN.

Vous n'y êtes pas du tout. Ce qui m'a le plus frappé en Italie, c'est la cuisine italienne.

JACQUES.

L'impression est au moins originale.

MAUVILAIN.

Riez, riez ! vous y viendrez comme les autres. L'homme débute par le lyrisme et finit par la gastronomie. D'ailleurs, êtes-vous bien sûr qu'une truffe ne vaille pas une étoile ?

JACQUES

Soit, mais une étoile ne vaut pas un sourire.

MAUVILAIN.

Ah ! si vous m'envoyez de ces arguments-là ! n'est-ce pas qu'elle est belle, ma petite fille ? Ah ! un sourire d'Éva ! vous m'en prenez ma part, sans reproche ! Qu'est-ce que nous disions donc ?

JACQUES.

Vous parliez de l'Italie.

MAUVILAIN.

Ah ! oui ! Eh bien, maintenant, devinez ce qui me l'a gâtée, votre Italie. Vous êtes musicien, je vais peut-être vous porter un coup terrible.

JACQUES.

Ah ! monsieur, grâce pour mes rossignols.

MAUVILAIN.

Vous vous en prendrez à madame Mauvilain qui décidément se fait bien attendre... Mais j'ai une dent contre le *Trouvère*. Vous souvenez-vous que nous ne pouvions faire un pas sans en être harcelés? Mon Dieu, c'est très-beau, le *Trouvère*, mais le pâté d'anguilles aussi est une excellente chose. J'entrais dans des rages abominables contre cette scie nationale qui fait qu'un maître d'hôtel ne peut pas nous apporter sa note sans fredonner le *Miserere*.... Comment, on crie en France contre les orgues de barbarie ? Mais, monsieur, les orgues de barbarie varient de la *Dame blanche* à *Fra Diavolo ;* c'est énorme. Les Italiens ne varient pas. *Miserere ! Miserere !* Vous imaginez-vous qu'on mette Paris au régime du *Dies iræ* par exemple ! Mais nous n'aurions plus de révolutions au bout d'un mois ; on pleurerait dans les rues..... On ne saura jamais à quel point un Parisien voyageant en Italie, peut arriver à regretter l'air de la Reine Hortense !

JACQUES.

Voilà une jolie boutade, monsieur, mais je dois au *Trouvère* une des plus douces émotions de ma vie.

MAUVILAIN.

L'homme de la terrasse, à Vérone ! C'est vrai qu'il le chantait divinement, cet animal-là. Mais voilà encore un argument d'amoureux. Tenez, je me suis fait conspuer un soir chez madame de Salnage : vous savez qu'on y fait beaucoup de musique ?

JACQUES.

Madame de Salnage ?

MAUVILAIN.

Oui ; celle chez qui vous valsiez avec ma femme.

JACQUES.

Je serais impardonnable d'avoir oublié ce détail,

mais je ne connais personne du nom de Salnage, et je verrai madame Mauvilain ce soir pour la première fois.

MAUVILAIN.

Clotilde aura fait confusion, voilà tout; mais elle croit avoir valsé avec vous chez cette dame... Cela n'a aucune importance, d'ailleurs, et la simple présentation vous rafraîchira la mémoire. Il est sans exemple qu'on ait oublié son visage quand on l'a vue une fois seulement. Pour en revenir à nos moutons, j'étais donc un soir..... (Entre Laurent.)

SCÈNE IX.

MAUVILAIN, JACQUES, LAURENT.

MAUVILAIN.

C'est le dîner ?

LAURENT.

Oui, monsieur; mais madame m'envoie vous dire qu'elle ne pourra pas descendre. Elle souffre beaucoup du coup qu'elle s'est donné, et prie monsieur de faire agréer ses excuses à monsieur.

MAUVILAIN.

Ah! quelle contrariété! Vraiment, si on était superstitieux ! Est-il possible qu'elle se soit blessée à ce point! Mon pauvre monsieur, pour une première fois, vous n'êtes pas heureux. Si je ne craignais de vous laisser seul ici, je monterais chez elle pour tâcher de la décider au moins à vous voir... Il est inimaginable qu'un si petit accident ait une telle gravité... Tenez, voulez-vous m'attendre cinq minutes seulement en feuilletant cet album de famille?.. D'ailleurs, Éva va revenir vous tenir compagnie; vous permettez?

JACQUES.

Comment donc, monsieur, mais je vous en prie même. (Mauvilain sort.)

SCÈNE X.

CLOTILDE, JACQUES.

JACQUES.

C'est singulier, je suis heureux autant qu'un homme peut l'être!... une famille charmante!... la réception la plus cordiale, et cependant il y a quelque chose de mystérieux ici que je ne devine point... On dirait que j'ai le tonnerre sur la tête. (Il se retourne et aperçoit Clotilde qui vient d'entrer.) Madame d'Altemont?... Vous?... mais!...

CLOTILDE.

Je suis la mère d'Éva, Jacques!

JACQUES, épouvanté.

Ah!... ah! mon Dieu!

CLOTILDE.

J'étais mariée; mon nom ne m'appartenait pas, je

n'avais pas le droit de le déshonorer, j'en ai pris un autre, voilà.

JACQUES.

Mais qu'allons-nous devenir ?

CLOTILDE.

Je vous aimais, moi : ce n'est pas ma faute. J'étais mariée, vous n'en étiez pas cause... Oh ! je mourrais de bon cœur !...

JACQUES.

Adieu...

CLOTILDE.

Vous partez ?

JACQUES.

Que faire ?

CLOTILDE.

C'est vrai ! Adieu !

JACQUES, *sortant comme un fou.*

Ah ! c'est horrible.

CLOTILDE.

Ah ! (*Elle tombe sur la chaise à droite du guéridon.*)

SCÈNE XI.

CLOTILDE, MAUVILAIN, puis ÉVA et LAURENT.

MAUVILAIN, dans la coulisse.

Comment au jardin?... (Entrant.) Ah çà, que veut dire cette plaisanterie, ma chère? je vous croyais à moitié morte!

CLOTILDE.

Justement, j'ai craint qu'on ne m'accusât de mauvaise volonté... surtout après votre entretien de tout à l'heure, et malgré ma souffrance, je me suis traînée jusqu'ici, je tiens à prouver que je suis courageuse.

MAUVILAIN.

C'est très-bien, cela, et je vous remercie pour Éva, et pour moi. D'ailleurs, si vous souffrez à ce point, vous pourrez vous retirer sous un prétexte après la présentation. Mais où est-il donc ce brave garçon?

CLOTILDE.

J'allais vous le demander.

MAUVILAIN.

Je l'avais laissé ici, peut-être est-il dans le jardin avec Éva. (Entre Éva.) Seule? — Où donc est ton fiancé, mon enfant?

ÉVA.

Mais je ne sais pas, père, je le croyais ici avec toi.

MAUVILAIN.

Il se sera impatienté d'attendre. (Il sonne, entre Laurent.) Mon ami, monsieur Cerny est dans le jardin, n'est-ce pas ?

LAURENT.

Monsieur Cerny ? mais il est parti, monsieur.

ÉVA et MAUVILAIN.

Parti ?

MAUVILAIN.

Vous voulez dire qu'il se promène au fond du parc ?

LAURENT.

Mais non, monsieur, il est parti, c'est moi qui lui ai ouvert la porte.

MAUVILAIN.

Quelque accident ! que vous a-t-il dit ?

LAURENT.

Il avait l'air fort agité, mais il ne m'a rien dit.

MAUVILAIN.

Peut-être a-t-il laissé un mot ? (Il feuillette l'album.) Rien, c'est étrange; oh ! mais il va revenir ! (A Clotilde.) N'est-ce pas qu'il va revenir? (A Éva.) Tranquillise-toi, ma chérie, monsieur Cerny est trop bien élevé... Allons, mettons-nous à table, c'est ce que nous avons de mieux à faire... Viens ! (Il lui prend le bras.)

ÉVA.

Oui, père. (Elle vacille.)

MAUVILAIN.

Mais qu'as-tu donc ?

ÉVA, s'évanouissant.

Moi... rien... tu vois... je... ah !

MAUVILAIN.

Ah ! mon Dieu !... Ma fille ! elle ne m'entend plus, voilà une triste journée.

CLOTILDE, à part.

Comme elle l'aime !

MAUVILAIN, à Laurent.

Vite, vite, montez chez le docteur et ramenez-le... ou plutôt, non, j'y vais moi-même... vous, faites atteler... je vous la confie, Clotilde.

CLOTILDE.

Est-ce que vous allez sortir ?

MAUVILAIN.

Oh ! je ramènerai le docteur d'abord.

CLOTILDE.

Mais ensuite ?

MAUVILAIN.

Ensuite, j'irai chercher mon gendre. (Il sort.)

CLOTILDE.

S'il va chez lui, je suis perdue !

FIN DU PREMIER ACTE.

ACTE DEUXIÈME

Chez Jacques. — Appartement de garçon. Une porte au fond. Une double porte à gauche, ouvrant sur la bibliothèque, et disposée de façon qu'on puisse l'ouvrir intérieurement sans donner passage sur la scène. Une fenêtre à droite en pan coupé. Un divan sous la fenêtre. C'est le soir, une lampe est allumée.

SCÈNE I.

ROSE seule, puis JACQUES.

ROSE, elle range.

Quel désordre, Sauveur! dirait-on pas que tous les vents du paradis sont entrés par cette fenêtre? Ah! les amoureux! va, va, marie-toi, *sans-soin*. La mère Rose se fait vieille à son tour. M'est avis qu'une fois là-bas, je ne reviendrai plus pour te ranger tes nippes. (Entre Jacques, du fond, très-pâle et très-ému.) Toi? déjà? à cette heure?... Et ce dîner? (Il tombe dans un fauteuil.) Ah! bon saint Jean, quelle figure! Te voilà blême comme un trépassé! Hé! mon enfant?

JACQUES.

Fais-moi du thé, mère Rose, veux-tu?

ROSE, lui prenant les mains.

Tu as les mains brûlantes; il faut te mettre au lit d'abord et m'obéir. Demain tu me conteras ta misère. Je vois à peu près de quoi il retourne. Je n'ai jamais cru à ce mariage-là, moi, c'était trop beau! Enfin que la volonté du bon Dieu soit faite! Embrasse ta vieille nourrice et couche-toi. Comme le disait mon pauvre défunt, il n'est pire chagrin qui résiste au sommeil... Allons.

JACQUES.

Je t'en prie, fais-moi du thé; je passerai la nuit à écrire.

ROSE.

C'est donc grave, Jacques?

JACQUES.

Tu me demandes si c'est grave?... Tu ne vois donc pas que j'ai les yeux gonflés de larmes?

ROSE.

Ah! mon petit!

JACQUES.

Si tu savais comme nous nous aimions! comme nous aurions été heureux! si tu savais!... Ah! mère Rose! mère Rose!

ROSE.

Tu as raison de m'appeler ta mère, mon enfant.

Depuis le jour où ta petite bouche s'est suspendue à mon sein pour la première fois, tu aurais pu dire que tu avais deux mères, car je t'ai aimé autant que mon pauvre enfant... l'autre, hélas! Tu as grandi; on t'a mis dans les pensions! Et puis celle qui t'avait donné le jour est morte dans mes bras... c'était une mignonne créature, douce et chétive... Mon fils à moi était fort et robuste... Dieu me l'a pris pourtant!... Mais tu me restais, je me suis presque consolée.

JACQUES.

Ma bonne nourrice!

ROSE.

Depuis, tu es devenu un homme! Tu as fait le fou comme les autres! tu as couru le monde! tu as eu des maîtresses, gamin, sans respect pour mes cheveux blancs!... Elles t'ont fait pleurer... c'est leur métier, et puis tu m'es revenu... c'était toujours à moi que tu revenais. Tu avais raison... ne crains rien, mon Jacques; appuie-toi sur ce sein qui t'a allaité; verse ton chagrin dans le cœur de la vieille paysanne. Dis-moi ce qui te rend malheureux, hé, mon petit?

JACQUES, il se dégage de ses bras, la fait un peu reculer, et lui tenant les mains :

Tu te souviens de Clotilde?

ROSE.

Si je m'en souviens! je la vois encore là où tu es, te dévorer des yeux pendant des heures. Elle t'aimait trop, celle-là! Croirais-tu que j'en étais jalouse... Mais c'était une vraie femme! Le jour où vous vous êtes séparés, son désespoir m'a effrayé! j'ai souvent pensé que si elle avait été mariée, aussi bien qu'elle était veuve, elle aurait tout quitté pour toi.

JACQUES.

Elle était mariée; c'est la mère d'Éva.

ROSE.

La mère de ta fiancée! ah! Sauveur!

JACQUES.

Tout est fini, vois-tu; je n'ai plus qu'à mourir.

ROSE.

Mariée! bonté céleste!... Mais le père? ah! je suis là, je peux dire que tu n'es pas coupable, que tu la croyais libre... je n'ai jamais menti, moi, il me croira peut-être!

JACQUES.

Il ne sait rien, lui, heureusement!

CLOTILDE, du dehors.

Ouvrez, ouvrez vite.

ROSE.

Ah! vous, madame?

JACQUES.

Clotilde!...

SCÈNE II.

LES MÊMES, CLOTILDE.

CLOTILDE.

Mon mari est derrière moi.

JACQUES, ouvrant la bibliothèque.

Cachez-vous.

CLOTILDE, amèrement.

Vous y tenez, vous?

JACQUES, l'attirant à la porte.

Je vous en conjure. Venez!

CLOTILDE, résistant.

Non, je suis brisée. J'aime mieux en finir!

JACQUES, il la pousse vers la porte et la referme.

Mais c'est de la folie!

SCÈNE III.

ROSE, JACQUES, MAUVILAIN.

MAUVILAIN, entrant.

M. Cerny, s'il vous plaît, madame?

ROSE.

Que lui voulez-vous, monsieur?

MAUVILAIN.

Permettez : ceci me regarde. Est-il chez lui?

ROSE.

Non, monsieur, il est malade.

MAUVILAIN.

Raison de plus pour que je le voie. Je suis le père de sa future.

ROSE.

Mais, monsieur...

MAUVILAIN, impatienté.

Ah ! madame !... (A Jacques.) Eh bien, qu'est-ce que cela veut dire ?

JACQUES.

Laisse-nous, mère Rose, je t'en prie.

ROSE.

Oui, mon enfant... Faut-il servir le thé ici ?

JACQUES.

Non, je t'appellerai, va...

(Rose sort.)

SCÈNE IV.

JACQUES, MAUVILAIN.

MAUVILAIN.

Vous êtes donc indisposé réellement ?

JACQUES.

Je souffre cruellement, oui.

MAUVILAIN.

Mais il y a du thé à la maison !... Ah ! c'est égal, vous m'avez fait une peur !... j'ai cru... enfin j'ai cru toutes sortes de choses... Voyons, vite, mettez votre pardessus et venez, nous trouverons une excuse en route. Eh bien ?

JACQUES.

Je ne le puis, monsieur.

MAUVILAIN.

Quoi, revenir chez moi ?... Eh bien ! mais... et Eva ?

JACQUES.

J'allais écrire à mademoiselle Mauvilain.

MAUVILAIN.

Lui écrire ?

JACQUES.

Une explication.

MAUVILAIN.

La meilleure explication à lui donner, mon cher monsieur, c'est de revenir.

JACQUES.

Je ne peux pas.

MAUVILAIN.

Mais qu'y a-t-il? qu'est-ce qui vous arrive? Est-ce qu'on vous a fait mauvais accueil? Avez-vous reçu subitement une fâcheuse nouvelle? On n'est pas malade à ce point de quitter les gens sans deux mots d'excuse!... Et puis enfin, quoi! vous n'êtes pas malade, voyons. Il me semble, moi, que si j'étais amoureux comme vous l'êtes, un beau jour tel que celui-ci me guérirait des maladies passées, présentes et futures! Allons, vous allez venir, hein?

JACQUES.

Non, monsieur.

MAUVILAIN.

Mais que dois-je croire? Il faut que vous ayez un motif .. que je ne devine point. Enfin, voyons, dites...

JACQUES.

Vous allez me juger bien sévèrement, monsieur, mais s'il m'est impossible déjà de revenir chez vous, il m'est encore plus impossible de vous dire pourquoi.

MAUVILAIN.

Ta! ta! ta! nous ne sommes pas des enfants, et nous ne jouons pas à la devinette. Parlez.

JACQUES.

Tout me le défend.

MAUVILAIN.

Qui, tout?

JACQUES.

L'honneur d'abord.

MAUVILAIN.

L'honneur vous défend de m'expliquer pourquoi, après avoir été reçu chez moi comme l'enfant de la maison; après avoir renouvelé à ma fille tous vos serments d'amour; après avoir pendant une demi-heure causé avec moi de bonne amitié, vous profitez d'un moment, où je vous laisse seul, pour vous esquiver, sans dire adieu, sans prévenir, sans même attendre ma femme pour la saluer? Si l'honneur vous défend de m'expliquer cela, je vous demanderai où vous prenez cet honneur-là?

JACQUES.

Je ne dirai plus rien, monsieur.

MAUVILAIN.

Est-ce que vous êtes fou?

JACQUES.

Ah! je vais le devenir assurément.

MAUVILAIN.

Vous avez une maîtresse qui s'oppose à votre mariage?

JACQUES.

Eh bien oui, c'est cela; elle s'y oppose.

MAUVILAIN.

Où demeure-t-elle?

JACQUES.

Mais, monsieur!...

MAUVILAIN.

Puisque vous ne l'aimez plus.

JACQUES.

Si, je l'aime encore.

MAUVILAIN.

Et ma fille?

JACQUES.

Ah! mon Dieu, je ne sais même pas mentir.

MAUVILAIN.

Ce n'est pas cela. Alors, qu'est-ce? Miséricorde! parlez donc.

JACQUES.

Non, jamais; non.

MAUVILAIN.

Vous êtes bien monsieur Jacques Cerny, le même que j'ai embrassé tout à l'heure, en lui disant : Je vous donne ma fille unique?

JACQUES.

Ah !monsieur !...

MAUVILAIN.

Eh bien, si vous êtes ce même jeune homme, je ne bougerai pas d'ici avant d'avoir obtenu votre explication... Mais puisque vous l'écriviez à ma fille, cette explication, vous me la devez doublement à moi son père. Votre lettre devait tomber entre mes mains, monsieur.

JACQUES.

Vous n'y auriez pas lu la vérité, monsieur.

MAUVILAIN.

Cela est possible ! j'ai bien cru l'entendre le jour où vous lui avez dit que vous l'aimiez. Pourquoi donc dites-vous que vous ne savez pas mentir ?

JACQUES.

Je donnerais ma vie pour elle; mais il eût mieux valu que j'eusse menti, en effet.

MAUVILAIN.

Donc, vous l'aimez ?

JACQUES.

Hélas ! de toute mon âme !

MAUVILAIN.

Eh bien, je vous arracherai les mots. Savez-vous ce que c'est qu'une fièvre cérébrale ?

JACQUES.

Ah ! Éva !

MAUVILAIN.

Oui, Éva ! voilà l'effet qu'il est en train de produire, votre départ ! A l'heure qu'il est, elle est étendue dans son lit, elle délire ; elle vous appelle... Moi je ne suis plus que le second dans son cœur. C'est du roman, cela ; eh bien, voilà comme elle vous aime, elle, à en mourir. Nous allons voir de quelle sorte est votre amour, à vous.

JACQUES.

Ah ! tuez-moi, monsieur, mais ne me torturez pas ainsi.

MAUVILAIN.

Eh bien, malheureux, dites quelque chose.

JACQUES.

Je n'ai rien à dire, vous le voyez bien, rien.

MAUVILAIN.

Mais si, dites quelque chose. Est-ce mon honorabilité que vous soupçonnez ? Ma vie, voulez-vous la connaître ? en deux mots : c'est ma fille. Est-ce ma femme ? vous retirez-vous devant une calomnie ?

JACQUES.

Oh ! pas cela, par pitié !

MAUVILAIN.

Pourquoi donc ? Monsieur, je connais le monde, et

chacun a sa croix ici-bas. Mais ma femme est une honnête mère, croyez-le bien; si elle ne l'était pas, elle n'habiterait pas sous le même toit que mon enfant. Tenez, je suis sûr maintenant que votre rupture vient de là (mouvement de Jacques), car c'est une rupture évidemment. D'ailleurs, moi aussi je vous dois une explication, et je ne vous la ferai point attendre. Si depuis notre retour d'Italie je ne vous ai pas présenté plus tôt à madame Mauvilain, vous avez eu tort d'en conclure... ce que vous en concluez. La vérité est que je craignais pour vous le caractère hautain de ma femme. C'est un caractère entier et qui ne sait rien faire à demi. Si vous lui aviez déplu, elle vous l'aurait montré dès l'abord; vous auriez pu vous rebuter, vous retirer peut-être, et ma fille en serait morte... vous voyez... D'ailleurs, je vous l'avoue : les apparences peuvent donner lieu aux interprétations mauvaises: il est malheureusement évident que Clotilde ne m'aime pas... J'espère, monsieur, que vous allez me tenir compte de ceci, et que vous échangerez votre secret contre le mien.

JACQUES.

Je vous jure, monsieur, que je n'ai jamais eu les idées que vous me supposez.

MAUVILAIN.

C'est tout? vous ne direz rien, alors? Ma pauvre Éva! — Depuis quarante ans que j'assiste aux honteuses comédies de la vie, je n'ai encore rien vu d'aussi lâche que votre conduite, jeune homme. Ah! Dieu! mais j'ai eu vingt ans, moi aussi! J'ai été si malheureux que la fièvre et la faim laissaient à mon cerveau monter tous les vertiges du crime... Je m'y reporte en frémissant à ces heures-là; je m'y reporte pour vous comprendre, et je ne vous comprends pas! Si vous êtes un voleur, dites-le; un meurtrier, dites-le! mais ne laissez pas une pauvre petite fille mourir entre les bras d'un père désespéré, d'un homme qui n'est coupable que de vous avoir aimé à travers le cœur de son enfant... Et si vous devez aller au bagne, allez-y, mais parlez, parlez, parlez!...

JACQUES.

Oh! le bagne! le bagne! qu'est-ce auprès de cette torture? Mais je m'arracherai plutôt la langue.

MAUVILAIN.

Tenez, vous aurez raison, car vous buvez la honte jusqu'à la lie! Et dire que pour de telles infamies ils n'ont rien trouvé de mieux que leur stupide duel! Dire que je vais être forcé, moi, pauvre brave homme, éperdu de douleur, de m'aligner avec ce gredin, et de mettre tout Paris dans le secret de l'insulte qu'il me fait.

JACQUES.

Un duel avec vous! oh! jamais, jamais.

MAUVILAIN.

Éva n'a pas de frère, monsieur, et je n'ai pas de fils.

JACQUES.

Vous me tuerez si vous voulez, mais je ne me battrai pas avec vous.

MAUVILAIN.

Pourquoi donc cela? parce que j'ai quarante-cinq

ans, que je suis notaire et père de famille ? Parce que vous me jugez incapable de tenir un sabre ou un pistolet, et que vous sentez la honte de vous mesurer avec un tel adversaire ? Tant pis pour vous, monsieur, vous digérerez encore cette honte-là. Je n'ai pas le choix des moyens avec vous, et la loi ne m'en donne aucun pour vous extorquer votre secret. Nous nous battrons comme dans les casernes et vous ne me tuerez peut-être pas. allez !

JACQUES.

J'ai dit : jamais !

MAUVILAIN.

Ah ! mais, je vais vous y forcer, voilà tout.

JACQUES.

Ne faites pas cela, mon Dieu ! au nom de votre fille, monsieur, ne me frappez pas.

MAUVILAIN.

Au nom de ma fille, parlez, ou je vous frappe. — Non ? (Il le soufflette.) Vous vous battrez, maintenant.

(Au soufflet, Clotilde et Rose sont sorties par la porte de la Bibliothèque; mais Rose a rejeté Clotilde dans l'intérieur, et elle se trouve seule en scène.)

SCENE V.

Les Mêmes, ROSE.

ROSE.

Se battre ? Dites donc, vous n'allez pas tuer mon garçon ?

MAUVILAIN.

Je l'ignore, madame, mais c'est probable. Laissez-moi passer, je vous prie.

ROSE.

Probable ? Aussi vrai que je crois en Dieu, je vous fais jeter dans les cachots comme un assassin. C'est qu'il dit que c'est probable !

MAUVILAIN, à Jacques.

Dois-je employer la force, monsieur, pour sortir de chez vous ?

JACQUES.

Je t'en prie, mère Rose, laisse passer monsieur.

ROSE.

Probable ? Moi je dis que cela ne sera pas; il n'y aura pas de duel entre vous deux, voyez-vous, je ne veux pas.

MAUVILAIN.

Dieu m'est témoin que j'ai le cœur brisé d'avoir été

poussé à cette extrémité... mais je ne suis pas le coupable, moi !

ROSE.

Tout cela ne me regarde pas, monsieur, et ce sont là vos affaires. Si Jacques refuse de parler, il a pour cela ses raisons... je le connais, elles doivent être bonnes. Mais bonnes ou mauvaises, on ne me le tuera pas, voilà.

MAUVILAIN.

Mais je suis père aussi, madame, et il me tue ma fille !

ROSE.

Eh ! que voulez-vous que je vous dise ? je ne suis pas sa mère !

MAUVILAIN.

J'attends vos témoins, monsieur.

JACQUES.

Oui, monsieur.

ROSE.

Ah ! c'est ainsi ! Eh bien, je vais vous la donner, moi, votre explication. (Elle se précipite vers la porte de la bibliothèque.)

JACQUES, l'arrêtant.

Je te le défends, entends-tu, je te le défends.

ROSE.

C'est à prendre ou à laisser, mon garçon. Si tu acceptes le duel, je parle.

JACQUES.

Mais j'ai reçu un soufflet, mère Rose ! Tu me déshonores. Ma mère ne m'aurait pas demandé de me déshonorer.

ROSE.

Je t'aime mieux déshonoré que tué, moi, chacun est mère à sa manière.

JACQUES.

Écoute, à genoux, je t'en supplie ! Au nom de ton fils, tiens! Tu sais bien, toi, que je ne puis rien dire, que je serais un lâche de parler. Tu me places entre deux infamies.

ROSE.

L'infamie, c'est le duel. Tu n'as pas fait de mal, n'est-ce pas? Si quelqu'un doit mourir, ce n'est pas toi. Mais j'ai trop perdu d'un fils, on ne me prendra pas l'autre. J'ai dit.

JACQUES.

Je ne me battrai pas, monsieur.

MAUVILAIN, sombre.

Je m'y attendais.

JACQUES.

Ah !

MAUVILAIN.

Encore un mot, monsieur. Vous ne sortirez pas de chez vous avant une heure. Je ne vous en demande pas votre parole d'honneur, je vous le défends. A tout à l'heure.

(Il sort très-agité.)

SCÈNE VI.

JACQUES, ROSE.

ROSE.

Allons, du courage, mon enfant! rien n'est perdu. tu vois.

JACQUES.

Rien n'est perdu, non! Que nous reste-t-il donc, Rose? Moi, je suis déshonoré!... Elle?... son mari sait tout maintenant, car tu lui as tout appris, malheureuse! Ah! ne pouvais-tu nous laisser seuls comme je t'en avais priée! Tu as fait là de belle besogne, tu peux être fière!

ROSE.

Si j'ai mal agi, Jacques, c'est la faute de mon cœur! Mais tu me parles durement!

JACQUES.

Que vais-je lui dire à cette femme que tu viens de perdre? N'était-ce pas assez de son imprudence? Faut-il que tu y ajoutes la tienne? Tu prétends que tu m'aimes, et quand je te supplie, à genoux, au nom de ton fils, tu me menaces de te venger sur elle... Elle qui ne t'a rien fait!... Si c'est là ton amour, il est cruel, ma bonne, et je me serais bien passé de cet amour-là.

ROSE.

Tu me fais du chagrin, Jacques.

JACQUES.

Comment la sauver, maintenant? Me le diras-tu, toi?

ROSE.

Je ne suis pas assez savante, mon enfant; mais voici madame qui te conseillera mieux sans doute. Mes larmes suffiraient à m'en empêcher.

(Entre Clotilde.)

JACQUES.

Mère Rose!

ROSE.

Non, tu m'as blessée!...

(Elle sort.)

SCÈNE VII.

JACQUES, CLOTILDE.

CLOTILDE.

Il sait tout. Il va revenir.

JACQUES.

Ah! madame, vous vous êtes perdue en venant ici!

CLOTILDE.

N'est-ce pas?

JACQUES.

A moins que vous ne puissiez arriver avant lui; mais c'est impossible.

CLOTILDE.

Ce ne serait point impossible, si je voulais.

JACQUES.

Ah ! partez.

CLOTILDE.

Mais je ne veux pas. Éva ne mourra pas ; le médecin l'a déclaré ; mais la maladie est grave.

JACQUES.

Hélas !

CLOTILDE.

C'est moi qui mourrai.

JACQUES.

Vous, pourquoi ?

CLOTILDE.

Et vous ! car vous allez vous tuer évidemment !... vous allez vous tuer, n'est-ce pas ? Vous voyez bien, je n'ai plus rien à faire en ce monde.

JACQUES.

Mais votre mari ?

CLOTILDE.

C'est vous qui m'en parlez ! Et puis, je le débarrasse !

JACQUES.

Et votre fille, madame ?

CLOTILDE.

Est-ce qu'elle m'aime ?... D'ailleurs, elle aura son père ! Enfin, vous voyez bien que je veux mourir, puisque je suis ici.

JACQUES.

Pauvre Éva !

CLOTILDE.

C'est elle que vous plaignez ! ah ! oui ! je comprends ! C'est une chose étrange que le cœur des hommes ! Vous rencontrez une femme qui vous plaît, vous lui faites la cour, vous lui jurez un amour éternel ! Elle vous croit naturellement. Une autre passe, vous recommencez, comme vous distribueriez les fleurs d'un bouquet... Et vous vous étonnez ensuite qu'on veuille mourir ? De quel droit nous aimez-vous, si vous ne devez plus nous aimer ? Que t'ai-je fait, moi ? n'étais-je pas tranquille, sinon heureuse ? Pourquoi m'as-tu dévoyé ma vie ? Qui t'a permis de ne plus m'aimer quand je t'aime encore ?

JACQUES.

Vous ? Ah ! voilà le dernier coup !

CLOTILDE.

Il ne le craignait même pas !

JACQUES.

Ce n'est pas vrai ! vous n'y songez pas ! Mais c'est affreux, cela !

CLOTILDE.

Pour qui? — T'en plaindras-tu sans avouer que tu as menti, quand tu m'as juré ton amour éternel ? De quel métal crois-tu donc que soit pétri le cœur des femmes? Tu souffrais ! tu pleurais ! tu dépérissais! tu me poursuivais de tes regards enflammés! tu m'étourdissais de tes désirs embrasés! j'entendais ton cœur battre dans ta poitrine ! je te voyais frémir de la tête aux pieds, lorsque ma robe frôlait ta main!... Mais tu aurais été le dernier des misérables que je t'aurais aimé rien que pour ta souffrance !... Et il y a des gens qui nous appellent malhonnêtes femmes! Que sont donc celles qui résistent à cela ? De quel nom les flétrir ces êtres inhumains qui ne sentent pas leur âme s'échapper sous le regard ardent de l'homme qui aime ?... Va, tu peux aujourd'hui le renier, cet amour-là ; mais j'ai connu le ciel, le jour où j'en suis tombée pour toi.

JACQUES.

Ah ! mais, où trouvez-vous la force de me parler ainsi ?

CLOTILDE.

Où je la trouve ? C'est tout simple : je t'aime. Je ne finirai jamais de t'aimer : je n'ai jamais aimé que toi. On demande souvent : Où sont les femmes qui n'aiment qu'une fois et jusqu'à la mort? Eh bien, en voilà une. Tu as été pour moi plus que mon père, plus que ma mère, plus que mon enfant; tu as été l'homme de mon choix. Les femmes seules savent ce qu'il y a pour nous dans ce mot-là. Je suis allée à toi sans pouvoir m'en défendre, sans vouloir m'en rendre compte, et véritablement comme la source au torrent. Tu étais à moi, comme j'étais à toi, car nous sommes nés tous les deux de la même larme d'un Dieu ! Ah ! tu croyais peut-être que quatre mois de séparation auraient brisé cette destinée-là ! Moi aussi, je l'ai cru ! chaque jour je recommençais l'épreuve. Je reprenais tes lettres une à une, je les relisais, la main sur le cœur, et les battements augmentaient toujours. J'en serais morte, si tu n'étais pas revenu ! Mais tu es revenu ! Tu ne pouvais pas ne pas revenir ! car je t'attendais, car Dieu est juste, car je t'aime !

JACQUES.

Mais qu'ai-je donc, moi ? Je vous écoute !... Ah ! laissez-moi, laissez-moi ! Il est pourtant des choses que je ne peux pas vous dire, et j'ai peur de moi-même.

CLOTILDE.

Tu peux dire que tu ne m'aimes plus, Jacques, mais tu ne diras pas que je ne mérite plus d'être aimée !

JACQUES.

Ayez pitié de moi, Clotilde. Dans l'état où je suis, le plus honnête homme peut devenir infâme... Voyez, je tremble de la tête aux pieds !

CLOTILDE.

Eh bien ! écoute. Mon mari sait tout : en ne me voyant pas auprès d'Éva, il a tout compris. Nous sommes perdus, toi et moi ; mais nous pouvons nous sauver encore !

JACQUES.

Ah ! comment !

CLOTILDE.

Regarde cette nuit superbe. Voici les mêmes étoiles que le premier soir de notre amour... Rien n'est changé ici, et ces quatre mois d'oubli n'ont été qu'un mauvais rêve! Nous voilà tous les deux, comme autrefois, assis en face l'un de l'autre, isolés du reste du monde. Ce n'est plus pour nous que sonnent les heures! ce n'est plus pour nous que passe la vie... Donne-moi tes mains, laisse-moi te regarder... je t'aime... ne me réponds pas si tu veux... mais laisse-moi te le dire... Mourir à deux, ce n'est pas mourir... Est-ce qu'on meurt ici dans cette chambre qui est la tienne, la nôtre, au milieu de tous ces témoins de nos serments... Les entends-tu jaser dans tous les coins de notre paradis? Les entends-tu chanter toutes les chansons du souvenir?... Oui, mes amis, me voilà revenue, et pour toujours... nous ne sortirons plus d'ici... Ah! mon bien-aimé, mon bien-aimé, l'amour, la mort!...

JACQUES.

Ah! comme vous me tentez, perfide! comme vous connaissez bien tous les chemins de mon cœur! comme vous vous jouez de mon vertige!

CLOTILDE.

Lâche! tu l'aimes encore, voilà pourquoi tu ne veux pas mourir.

JACQUES.

Vous m'appelez lâche, vous aussi!

CLOTILDE.

Non, non, tu as raison, pas la mort, la vie! Il faut

vivre ; il faut nous aimer. Viens, fuyons, Jacques... Toi, tu n'es pas coupable ! Tu ne savais pas que je fusse sa femme... C'est moi qui t'ai trompé ! Il n'est pas juste que tu souffres de mon crime ! Tu es noble toi et bon. Et il t'a souffleté ! C'est assez de châtiment ! Il t'a souffleté, mon Jacques... Le monde ne peut pas en demander davantage ! oh ! cette injure, je veux la laver de mes larmes, l'effacer de mon sang. Viens, partons. Le monde est grand pour cacher deux âmes comme les nôtres. . La terre a des retraites pour les victimes de l'honneur. Nous irons dans cette Italie que tu aimes...

JACQUES.

Oh ! non, pas l'Italie.

CLOTILDE.

Où tu voudras, peu importe. Pourvu que nous soyons ensemble ! Avec toi tout me sera beau, car je t'aime et je n'y veux pas autre chose que toi ! (Elle l'enlace.)

JACQUES.

Après tout, ce n'est pas ma faute, elle a raison. Le courage humain a des bornes ! Et puis que faire ? Impuissant à sauver la fille, flétri par le père, où me montrerai-je avec ce soufflet dont je ne puis laver l'injure ? Mes amis me tendront-ils la main ? Qui me croira innocent ? Est-ce que le monde prend la peine de s'informer des choses ? Qui lui dira la vérité d'ailleurs ? Les martyrs sont des dupes, dit-il ! Allons, j'ai vingt-cinq ans, et ma vie est perdue. Déshonneur pour déshonneur, je sauve encore quelqu'un qui m'aime... cela n'est pas sans grandeur !... Dieu me jugera enfin !... Partons, mais tout de suite, oh ! tout de suite !...

CLOTILDE.

Ah! tu m'aimeras encore!

JACQUES.

On devient méchant à force de souffrir! (Il sonne.)

CLOTILDE.

Pourquoi donc sonnes-tu?

JACQUES.

Mais je ne sais... ma vieille nourrice... pour l'embrasser!...

(Entre Rose.)

SCÈNE VIII.

LES MÊMES, ROSE.

JACQUES.

Je pars, mère Rose. Pardonne-moi, j'ai été injuste tout à l'heure!

ROSE.

Ne parlons plus de cela! où donc vas-tu?

JACQUES.

Mais... je sors, voilà tout.

ROSE.

Tu ne peux pas, mon enfant; tu as promis à ce monsieur de l'attendre.

JACQUES.

Mais... je reviendrai... peut-être... je reconduis madame.

ROSE.

Chez elle?... Qu'as-tu donc?... oh! prends garde... tu as les yeux mauvais... il ne faut pas mal faire, Jacques.

CLOTILDE.

Ah! laissez-le, madame, vous l'impatientez.

ROSE.

Tu fuis avec elle?

JACQUES.

Eh bien oui!

ROSE.

Et moi?

JACQUES.

Je t'écrirai... tu viendras nous rejoindre.

ROSE.

Jamais!

CLOTILDE.

Eh bien, vous ne viendrez pas, voilà tout.

ROSE.

Tu la laisses dire?... Va-t'en alors! moi je resterai au lit de ta fiancée; il y a là une belle place à prendre.

CLOTILDE.

Taisez-vous !

JACQUES.

Ah ! c'est infâme ! je ne partirai pas. Pardon, mère Rose.

CLOTILDE.

C'est bien ; je sais ce qui me reste à faire ! (Roulement de voiture.)

JACQUES.

M. Mauvilain, c'est lui. Ah ! rentrez là.

CLOTILDE.

Je ne franchirai cette porte que pour fuir avec toi, Jacques. Choisis, toi... ou lui !

JACQUES.

Mais vous nous perdez.

CLOTILDE.

Il monte.

JACQUES.

Mais je ne vous aime pas, madame, j'aime Éva ! (Clotilde pousse un cri en reculant. Mauvilain paraît, il est d'une pâleur mortelle.)

SCÈNE IX.

LES MÊMES, MAUVILAIN.

MAUVILAIN.

Ah ! Clotilde!!! venez... venez.

CLOTILDE, regardant son mari, avec un cri.

Ah ! ma fille est morte !

(Ils s'enfuient.)

FIN DU DEUXIÈME ACTE.

ACTE TROISIÈME

Chez Mauvilain. — Même décor qu'au premier acte.

SCÈNE I.

MAUVILAIN, puis LAURENT.

MAUVILAIN, seul à une table, écrivant; il sonne. Entre Laurent.

Mon ami, voulez-vous avoir l'obligeance de porter vous-même cette lettre à son adresse ? vous demanderez monsieur Cerny, et la lui remettrez en mains propres. Vous pourrez revenir sans attendre la réponse ; il n'y en a pas.

LAURENT.

Monsieur, y aurait-il indiscrétion à vous demander comment va mademoiselle, aujourd'hui ?

MAUVILAIN.

Beaucoup mieux, mon ami, merci. Elle est sauvée,

et se lève aujourd'hui pour la première fois ; à votre retour, vous la verrez dans ce salon, elle y va descendre.

LAURENT.

Ah ! monsieur, quelle vie, ici, depuis un mois ! Nous passons nos journées à pleurer à l'office ! Mais vous, mon pauvre monsieur, vous avez les cheveux tout blancs !

MAUVILAIN.

J'ai beaucoup souffert, oui. Madame Mauvilain est en haut ?

LAURENT.

Oui, monsieur, dans la chambre de mademoiselle. Elle ne l'a pas quittée une minute depuis sa maladie !... Elle aussi fait peine à voir la chère dame ! Mais quel dévouement, monsieur ! c'est admirable ! Il n'y a qu'une mère pour de pareils soins !

MAUVILAIN.

Madame Mauvilain n'a fait que son devoir, mon ami.

LAURENT.

Oh ! c'est égal, monsieur, c'est à elle que nous devrons la vie de mademoiselle, et elle pourra dire qu'elle l'a lui a donnée deux fois.

MAUVILAIN.

Allez, je vous prie, la lettre presse.

LAURENT.

Je cours, monsieur, le temps seulement de leur dire à l'office que mademoiselle est sauvée !

(Laurent sort.)

SCÈNE II.

MAUVILAIN, puis CLOTILDE et ÉVA.

MAUVILAIN.

Il sera ici dans deux heures!

ÉVA.

Pauvre maman! que de mal je te donne! Bonjour, petit père. Me voilà debout, comme une grande fille! Eh bien, tu ne m'embrasses pas pour ma récompense?

MAUVILAIN.

Chère martyre! Mais c'est assez marcher, mon ange. Assieds-toi sur ce canapé et surtout sois sage. A la moindre imprudence, je t'emporte dans ton lit, tu sais?

ÉVA.

Oh! non, je t'en prie, petit père, j'en suis si lasse! Il fait bon ici, on respire! Tu ne veux pas me faire un plaisir : ouvre un peu, dis! il fait un si beau soleil, mes fleurs doivent embaumer.

CLOTILDE.

Il n'y a pas d'inconvénient, Henri, vous pouvez nous le permettre.

MAUVILAIN.

Soit! (Il revient s'agenouiller devant Éva.) Comment te sens-tu?

ÉVA.

Bien.

MAUVILAIN.

Tu n'as plus de fièvre ?

ÉVA.

Non.

MAUVILAIN.

M'aimes-tu ?

ÉVA.

Non.

MAUVILAIN.

Ah ! ris encore ! Il y a si longtemps, mon Dieu. Veux-tu que je te fasse une lecture pour te distraire ?

ÉVA.

A quoi bon ? N'êtes-vous pas là tous les deux ? Mais toi aussi, maman, qui ne dis rien là-bas ! viens donc que je t'aime ! Oh ! que je suis bien ainsi, mes chers parents ! Dis donc, père, te souviens-tu qu'un soir à Gênes, nous avions ouvert ainsi la fenêtre pour respirer l'air de la mer ?

MAUVILAIN.

A Gênes, non !

ÉVA.

Mais si, tu sais bien, je chantais « Vaga Luna » de Bellini, qu'on venait de m'apprendre ; vous fumiez... tu fumais ton cigare, en causant, sur la terrasse... Que je suis sotte! non, ce n'est pas cela. Je ne me souviens pas, petit père! J'ai peut-être aussi perdu la mémoire.

CLOTILDE.

Ma chère Éva, ne parlez plus, vous allez vous fatiguer.

ÉVA.

Tu me dis « vous » comme autrefois, quand je te fâchais toujours.

MAUVILAIN, bas à Clotilde.

Tutoyez-la, vous êtes encore sa mère. (Clotilde embrasse Éva.)

ÉVA.

Allons, je vais marcher un peu pour essayer mes forces... Non! toute seule, petit père, jusqu'au piano, tiens! (Elle s'assied au piano.) Tu vois, je suis forte! et maintenant, puisqu'on m'ôte la parole, je vais faire de la musique.

MAUVILAIN.

C'était une ruse, méchante!

ÉVA.

Oui, bon père! Asseyez-vous tous les deux, et restons comme au bon temps les uns près des autres, vous causant, et moi... (Elle plaque un accord.) Oh! qu'il est faux! Bah! tant pis, il y a si longtemps, lui aussi a perdu l'habitude de parler. (Elle prélude au Vaga Luna. — Mauvilain s'assied à droite et prend un journal sur le piano. — Clotilde à gauche; elle prend une tapisserie sur le guéridon.)

ÉVA, s'arrêtant.

Eh bien! causez donc.

CLOTILDE.

Nous préférons t'écouter, ma chérie ! (Éva chante le Vaga Luna, et, à la fin du morceau, elle fond en larmes.)

MAUVILAIN, qui la suit de l'œil.

Non, ne pleure pas, Éva, mon cher amour. Moi aussi je t'aime. Ne pleure pas, je t'en conjure.

ÉVA.

Je ne peux pas, petit père, je souffre.

MAUVILAIN.

Ah! c'est ma faute! je suis stupide aussi de te laisser chanter... Écoute, veux-tu me rendre bien heureux : je vais appeler la femme de chambre et tu iras te reposer jusqu'au dîner, veux-tu ?

ÉVA.

Oui, père!

MAUVILAIN.

Tu dormiras un peu, tu me le promets ?

ÉVA.

Je te le promets. Tiens, c'est fini, tu vois. (Elle sort.)

SCÈNE III.

MAUVILAIN, CLOTILDE, puis LAURENT.

MAUVILAIN, qui redescend et trouve Clotilde en larmes.

Ah! vous pleurez maintenant! vous êtes heureuse, vous!

CLOTILDE.

Oui, nous avons les larmes, nous! Chère et angélique créature, que je l'aurais aimée!

MAUVILAIN.

Vous voyez que ce n'était pas difficile, n'est-ce pas?

LAURENT, entrant.

Monsieur, monsieur Cerny sera ici dans une heure.

CLOTILDE.

Ici, lui!

MAUVILAIN.

Merci, mon ami, allez! (Laurent sort.)

SCÈNE IV.

CLOTILDE, MAUVILAIN.

CLOTILDE.

Vous faites venir monsieur Cerny ? oh ! non, pas cela, c'est atroce ! Si ce n'est pour moi, que ce soit pour elle, grâce pour elle, Henri !

MAUVILAIN.

De quoi vous inquiétez-vous? je vous trouve téméraire de préjuger ma conduite !

CLOTILDE.

Mais sa présence seule lui ménage une émotion terrible ! peut-on répondre de quelque chose ?

MAUVILAIN.

Non, on ne peut répondre de rien, vous me l'avez trop prouvé ! on ne peut répondre ni de soi-même, ni des autres, ni des dévouements, ni des affections, ni de la confiance, ni de l'amour, ni de l'amitié, ni de la vie ! de rien vous dis-je, de rien ! et tout est trahison ! ce monde est une succursale de l'enfer, et quand on commence à maudire, il faut s'y prendre dès le jour de sa propre naissance ! (Clotilde recule terrifiée.) Oh ! ne craignez rien ! Je ne vous dirai rien à vous ! Vous avez une excuse, vous autres. Il y a même des gens tout à fait impartiaux qui vous donnent raison contre nous ! Elle l'a trompé ! elle ne l'aimait pas, parbleu ! elle en aimait un autre, c'est tout simple, la passion ! Donc, je courbe la tête et je me tais. Je suis déshonoré dans mes plus saintes affections, j'ai le cœur dévasté sans remède, le vertige est dans ma tête; le désespoir est dans ma poitrine: cela n'est rien, la passion! Ma fille tombe foudroyée, et pendant un mois vacille sur le bord du tombeau : tant pis, la passion ! Mon foyer brisé, mon nom sali, ma vie rendue plus vaine que celle d'un cheval aveugle qui tourne la meule; quarante ans de lutte, d'épuisements, d'angoisses, d'espérances déçues, de rêves évanouis, de joies atteintes aussi, tout cela écroulé dans un coin comme un tas de décombres! Quoi encore? mais, belle affaire, la passion! vous êtes bien excusée, vous dis-je! Et puis, ce n'est pas bien intéressant, un notaire! un monsieur qui gagne de l'argent gros comme lui, et qui s'appelle Mauvilain encore! voyez-vous cela : l'âme d'un Mauvilain! D'Altemont à la bonne heure! de quoi se plaint-il, d'ailleurs? Ses cheveux ont blanchi? eh bien tant mieux, ça lui donne un air respectable ! En voilà une chance pour un notaire! comment donc! mais c'est risible au contraire. Moi, je regrette Molière, il nous aurait désopilé, oh! tout à fait désopilé! Allez, allez, mon Dieu oui, moi aussi, je suis cocu, riez donc.

CLOTILDE, toujours assise.

Je n'ai qu'un mot à vous répondre, Henri : vous attribuez à mon changement de nom un motif infâme, que je repousse. Le vôtre était pur et respecté, voilà pourquoi j'en ai pris un autre. Là du moins, je ne vous trompais pas.

MAUVILAIN.

Mais enfin, pourquoi m'avoir trompé ? qu'ai-je fait

pour mériter cela ? Depuis un mois je m'épuise à découvrir quelque justice à mon malheur, et je ne trouve rien ! Quel mot, quel regard, quelle pensée m'a perdu dans son cœur de bourreau ? Suis-je un mari ridicule ? ai-je tournure de rustre ou d'imbécile ? on dit qu'il n'en faut pas davantage ! Est-ce que je fais rougir la vanité d'une femme ? avais-je l'air trop sûr de mon bonheur ? n'en avais-je pas assez l'air ? quoi donc ? Cœur de femme, dis donc ton secret ! vous ne m'aimiez pas, soit ! mais jurez donc que vous ne m'avez jamais aimé ! — Je la vois encore, la même pourtant, toute frissonnante d'émotion dans sa robe de fiancée. Je l'entends répondre ce mot qui l'unissait à moi, ce « oui » son premier aveu, son éternel serment ! Tremblait-elle en le prononçant ? Pourquoi l'a-t-elle prononcé, alors ? Vous vous mariez donc pour une robe, vous autres ? Et le lendemain, quand la prenant dans mes bras comme une enfant, le cœur enivré de jeunesse et d'amour, je posai ma lèvre tremblante sur sa lèvre... Tu mentais donc, misérable, car tu m'as rendu mon baiser ! c'est vous, cependant ! vous que voilà, avec vos vingt ans, car pour moi vous les avez toujours ! La maternité les rajeunit, le crime devrait les vieillir ! Ah ! pourquoi, pourquoi les lèvres et les yeux ont-ils aussi leurs souvenirs ?

CLOTILDE.

Pourquoi aussi ne nous apprend-on pas à être mères ? Est-ce que j'avais compris mon enfant ? vous demandiez tout à l'heure si je vous ai aimé, oui certes ! Le jour de la naissance d'Éva, si vous ne l'aviez pas enlevée, j'étais sauvée, car je ne suis pas autrement faite que les autres. Mais elle partie, le monde a repris ses droits; car le monde est plus fort que vous, quand vous n'avez pas vos enfants. Oui, ma fille m'aurait sauvée, car elle m'aurait suffi, et si je pleure, moi, c'est moins mon crime que ce vrai bonheur perdu. J'ai tenté un jour de revenir sur mes pas, j'ai essayé de l'aimer et je ne savais pas m'y prendre. Vos nourrices et vos religieuses m'avaient volé ma maternité. Cependant, j'étais apte à remplir mes devoirs, vous le voyez bien, depuis un mois j'ai reconquis la vie de mon enfant, minute par minute, pied à pied avec la mort... Elle est vaincue, la mort, et je me trouve heureuse! oui, heureuse, et vous pouvez faire de moi tout ce que vous voudrez, j'ai reconquis mon amour maternel!

MAUVILAIN.

Dieu m'est témoin que moi aussi je voudrais oublier! Votre remords suffirait presque à ma colère! mais il y a en ce moment sur le chemin de cette maison un homme dont la vie m'appartient et que je ne peux pas tuer, parce qu'il possède, lui, la vie de mon enfant.

CLOTILDE.

Et qu'avez-vous décidé? Je suis prête, moi, je vous assure.

MAUVILAIN.

Oh! vous!

CLOTILDE.

Vous avez tort, monsieur, de me traiter ainsi; je me tuerais tout comme une autre!

MAUVILAIN.

Vous avez l'âme fière, Clotilde, et je m'en souviendrai. Mais c'est de notre fille qu'il s'agit.

CLOTILDE.

J'espère bien que vous n'allez pas la remettre en présence de monsieur Cerny. Dans l'état de faiblesse où elle est, ce serait la tuer comme avec le couteau.

MAUVILAIN.

Encore une fois, vous m'en demandez trop, chacun a sa souffrance ici !

CLOTILDE.

Cela est possible ; mais je ne veux pas, moi, qu'elle le revoie ! Ah ! je suis nouvelle mère, savez-vous, et vous n'allez pas me tuer mon enfant, je pense.

MAUVILAIN.

Ce ne serait toujours pas moi qui l'aurais tuée, madame

SCÈNE V.

LES MÊMES, LAURENT.

LAURENT, annonçant.

Monsieur Cerny.

MAUVILAIN.

Faites entrer ! (Laurent sort.)

CLOTILDE.

Oh ! non, pas cela, par pitié.

MAUVILAIN.

Il le faut, vous dis-je.

(Entre Jacques.)

SCÈNE VI.

MAUVILAIN, CLOTILDE, JACQUES.

CLOTILDE, se précipitant.

Ils vont me la tuer ! Vous ? qui êtes-vous ? allez-vous-en ! ah ! allez-vous-en ! ah ! que j'ai peur !

MAUVILAIN.

Restez, restez, monsieur !... Il y a un mois vous m'avez fait l'honneur de me demander la main de ma fille unique. Je ne retire jamais une parole donnée.

CLOTILDE.

Est-ce que vous allez la marier ?

MAUVILAIN.

Mais non, je vais la tuer, je vous assure.

CLOTILDE.

Ah ! mais, je deviens folle.

MAUVILAIN.

Il reste le consentement de madame Mauvilain.

CLOTILDE.

Mon consentement à moi... ah!

MAUVILAIN.

Qui ne saurait vous être refusé, parce que je suis un honnête homme et que ma femme ne peut pas me démentir. Maintenant écoutez-moi, tous les deux : Je suis un bourgeois, moi, les sacrifices cornéliens n'ont le privilége ni de m'émouvoir, ni de me tenter. La loi de l'honneur est sans doute le ciment même de toute société, et ceux-là sont heureux et grands qui n'y ont jamais failli. Mais cette loi est de main humaine, et il y en a une autre qui la prime dans mon cœur, c'est la loi de nature. Je suis peut-être un homme mesquin, mais les plus beaux codes de la terre ne valent pas pour moi la vie de mon enfant, voilà pourquoi je vous la donne.

CLOTILDE.

Quel homme êtes-vous donc?

MAUVILAIN.

Un père. Il y a dans ce monde une frêle créature qui ne fait encore que babiller la vie, et qui demain sera une femme, elle aussi! un être mystérieux et doux dans l'âme duquel je suis plus à l'aise que Dieu dans son firmament! Dieu connaît toutes ses étoiles, moi je connais toutes les pensées de ma fille; je les vois poindre, je les vois naître, éclater et s'éteindre, je les dirige, je les admire, je leur souris! c'est mon ciel à moi, un ciel que m'a ouvert la paternité! (Mouvement de Clotilde.) Ah! vous ne pouvez me comprendre, nous avons aussi notre argot, nous autres! Eh bien, cet être-là ne peut pas ne pas être heureux tant qu'il restera une goutte de sang dans mes veines. On parle de la fatalité, j'y crois, moi, depuis que je suis père, car j'ai eu la mienne : le bonheur de mon enfant. Savez-vous, vous qui dites l'aimer, que je n'avais pas besoin de voir ma fille pour affirmer qu'elle respirait; que je n'avais pas besoin de l'entendre respirer pour compter les pulsations de son cœur; que son sommeil même ne l'endormait pas pour moi! Quelquefois, tenez, quand j'étais seul dans mon cabinet, au milieu de mes paperasses, je me mettais la tête entre les mains, et j'écoutais... Quoi? mon enfant qui jouait là-bas dans l'allée d'un parc lumineux! Je l'entendais causer avec sa mère, avec ses oiseaux, avec ses fleurs, et je lui répondais, et je la voyais sourire! Et le monde propose à mon cœur un échange affreux, un troc effroyable; et vous le trouvez injuste, infâme, inexorable! vous gémissez de ma torture! Eh bien, regardez : l'ouragan est passé, la sérénité commence. J'ai mis quarante ans à me bâtir un honneur inexpugnable, un nom respecté! Périsse la forteresse, mais que ma fille vive, aime, sourie et me bénisse!

CLOTILDE.

Ah! je ne vous connaissais pas.

MAUVILAIN.

J'ai vu un soir un pauvre ouvrier se priver de son morceau de pain, pour donner à sa fillette une méchante poupée dont elle avait envie... Il faut croire que j'étais prédestiné, car c'est le père que j'ai trouvé heureux. Et n'allez pas au moins crier à l'héroïsme : cela est aussi simple qu'à un honnête homme de ne point mentir; un père n'est pas un homme, c'est un dévouement. Et si les choses étaient bien faites en ce monde, on devrait mourir en mariant ses enfants. Quand vous serez père de famille, souvenez-vous de ces paroles qui sont les dernières que vous entendrez de ma bouche : L'Iscariote a vendu le fils d'un Dieu ; mais s'il l'avait vendu pour sauver son enfant, ce Dieu lui-même eût été tenu de lui pardonner son crime !

SCÈNE VII.

LES MÊMES, ÉVA.

ÉVA, à la vue de Jacques.

Monsieur Jacques ! Ah ! petit père ! Eh bien, vous ne me demandez même pas de mes nouvelles ?

JACQUES.

Ah ! elle, au moins, ne sait rien !

ÉVA.

Qu'est-ce que vous avez donc ? vous êtes pâle comme la mort. Est-ce que vous souffrez ?

JACQUES.

Un peu... oui... l'émotion... votre présence... votre voix, mademoiselle.

ÉVA.

Mademoiselle ? Allons, monsieur, venez ici que je vous gronde.

MAUVILAIN, à Clotilde.

Maintenant, si vous êtes forte, montrez-le : vous voyez, moi je souris.

ÉVA.

Pourquoi nous avez-vous quittés aussi brusquement l'autre fois? C'est mal, Jacques, j'ai cru que vous ne m'aimiez plus. C'est là ce qui m'a rendue malade. Je puis bien te le dire maintenant, père, tu ne t'en doutais pas.

MAUVILAIN.

Non, je ne m'en doutais pas.

ÉVA.

Il ne faudrait pas recommencer, savez-vous. Je ne veux pas mourir. Enfin, je vous pardonne, puisque vous voilà! Je suis si heureuse. Le pauvre docteur, s'il me voyait! Il en laisserait tomber ses lunettes. Il m'avait condamnée. Mais dites-moi donc quelque chose?

JACQUES.

Éva!

ÉVA.

Enfin, c'est un mot. Mais qu'est-ce que je pourrais donc vous donner, mon ami? Ah! cette bague! vous la regardez, elle vous plaît... Allons, donnez-moi votre main, ôtez donc vos gants, et puis ne tremblez pas si fort. Je ne pourrais jamais vous la passer. Là! — Elle me vient de ma maman, mais en vous la donnant, je la garde. Vous tremblez encore davantage.

JACQUES.

C'est vous qui tremblez, Éva.

ÉVA.

C'est vrai, mon ami. M'aimez-vous toujours, Jacques?

(Clotilde se lève.)

MAUVILAIN.

Restez, tout n'est pas fini. Mon enfant, comme tu es encore souffrante, je ne veux pas que ton mariage entraîne la moindre cérémonie. Je n'ai pas arrêté la publication des bans, donc vous vous marierez demain matin, à une chapelle, devant les témoins de M. Cerny et les tiens.

ÉVA.

Eh bien, et toi?

MAUVILAIN.

J'y serai aussi, ma chérie.

ÉVA.

Et toi, mère ?

MAUVILAIN.

Mon enfant, c'est une chose douloureuse pour les parents que ces sortes de fêtes. Les pères en souffrent quelquefois, les mères toujours.

ÉVA.

Oh! bien, tu as raison, il vaut mieux nous marier tristement alors.

MAUVILAIN.

Ce n'est pas tout : ton mari t'emmènera le jour même...

ÉVA.

Où donc ?

MAUVILAIN.

En Italie.

ÉVA.

Oh ! quel bonheur !

MAUVILAIN.

Oui, quel bonheur ! Je t'ai acheté une maison à Vérone ! Tu y resteras quelques années pour consolider ta santé. Et maintenant tu peux sortir avec ton fiancé. (Éva lui saute au cou.) Non, ne m'embrasse plus, je t'en conjure, ne m'embrasse plus !

ÉVA, l'étouffant de baisers.

Oh ! par exemple !

CLOTILDE.

Et moi? moi ? (Éva lui saute au cou.) Ah ! elle m'aime aussi.

MAUVILAIN, bas, à Jacques.

Un dernier mot, monsieur. Si elle n'est pas heureuse, vous serez un lâche, car elle n'a plus que vous au monde.

JACQUES, s'inclinant.

Vous êtes un saint et un martyr, monsieur.

MAUVILAIN.

Prenez-la vite, si vous m'en croyez; tout saint que je suis, le limon me monte à la gorge.

ÉVA.

Venez, venez. (Ils sortent.)

SCÈNE VIII.

MAUVILAIN, CLOTILDE.

(Un long silence.)

MAUVILAIN, il regarde tout autour de lui et s'écrie avec angoisse.

Et maintenant, la solitude !

CLOTILDE.

Et combien de temps resterai-je sans la voir ?

MAUVILAIN.

Vous ne la reverrez jamais !

CLOTILDE, avec un cri terrible.

Ah ! (Elle tombe de son long.)

MAUVILAIN, la contemplant étendue, avec rage.

Et moi non plus, ô misérable !

FIN DU TROISIÈME ET DERNIER ACTE.

Août 1868.

IMPRIMERIE L. TOINON ET Ce, A SAINT-GERMAIN.

PRINCIPALES PUBLICATIONS

d'Alphonse Lemerre, libraire, 47, passage Choiseul.

PAUL ET VIRGINIE. 1 vol. in-4, orné de 170 dessins, par H. DE LA CHARLERIE; richement rel. 20 »

LA PLÉIADE FRANÇOISE, avec notes et glossaire, par Ch. MARTY-LAVEAUX : RONSARD, DU BELLAY, BELLEAU, JODELLE, BAÏF, DORAT et PONTUS DE TYARD. 15 volumes in-8, imprimés par Jouaust. Chaque volume. . . . . 25 »

Les trois premiers volumes sont en vente.

RABELAIS (Œuvres complètes, avec glossaire). 5 volumes in-8. Chaque volume. . . . . . 10 »

COLLECTION de gravures à l'eau-forte, par BRACQUEMOND, pour illustrer *Rabelais*. . . . . . . » »

HOMÈRE. Traduction de LECONTE DE LISLE. 2 vol. in-8. . . . 15 »

HÉSIODE, ANACRÉON, THÉOCRITE, etc., etc.; trad. de LECONTE DE LISLE. 1 vol. in-18. 7 50

LA FONTAINE. Fables. 2 volumes elzevir. petit in-12, épuisés. » »

LA FONTAINE. Contes. 2 volumes elzeviriens, épuisés . . . . » »

REGNIER. 1 vol. . . . . . 4 »

THÉOPHILE GAUTIER. Ménagerie intime. 1 vol. in-18. 3 »

L'ISLE D'ALCINE, par REGNARD, publiée d'après le manuscrit de la Bibliothèque de l'Arsenal. 1 vol. in-32, papier de Hollande. 2 »

LETTRES INÉDITES DE DIANNE DE POYTIERS, publiées par G. GUIFFREY. Beau vol. in-8, imprimé par Perrin. 30 »

PROCÈS CRIMINEL DE JEHAN DE POYTIERS, seigneur de St-Vallier; publié pour la première fois par Georges GUIFFREY. 1 beau vol. in-8, impr. par Claye. 30 »

LE LIVRE DE JADE, par Judith MENDÈS (*Judith Walter*). 1 vol. in-8. . . . . 6 »

POÈMES EN PROSE, par Louis DE LIVRON. 1 vol. in-8. . . 6 »

FUSAINS, par le même. 1 volume in-8. . . . . 3 50

PALUSTRE DE MONTIFAUT. *De Paris à Sybaris.* 1 volume in-8. . . . . 7 50

LE PARNASSE CONTEMPORAIN (1866). 1 volume grand in-8. . . . . 8 »

POÈTES CONTEMPORAINS : AICARD — ALAUX — DE BANVILLE — BERTRAND — BOYER — CAZALIS — DE CHABRE — COPPÉE — DIERX — E. GRENIER — Louise D'ISOLE — JOLIET — JACQUEMIN — LAURENT-PICHAT — MARC — MÉRAT — NELLY-LIEUTIER — DE RICARD — RUFFIN — Louisa SIEFERT — SULLY PRUDHOMME — THEURIET — VERLAINE — 25 volumes in-18. Chaque volume . . 3 »

FRANÇOIS COPPÉE. Intimités. 1 vol. in-18. . . . . . . 1 50

— Le Passant, comédie en un acte, en vers. . . . . 1 »

PAUL VERLAINE. Fêtes galantes. In-12 écu. . . . . 2 »

ALBERT MÉRAT. L'Idole. 1 vol. 2 »

Imprimerie L. Toinon et Cie, à Saint-Germain.

www.ingramcontent.com/pod-product-compliance
Ingram Content Group UK Ltd.
Pitfield, Milton Keynes, MK11 3LW, UK
UKHW020933180726
13838UKWH00002B/925